ÉPITRE

A Mon Ami.

IMPRIMERIE DE FIRMIN DIDOT, RUE JACOB, N° 24.

A Mon Ami.

ÉPITRE

EN VERS,

Par J.-A. Barde,

Marchand Tailleur,

Membre de l'Athénée des Arts,

Rue de Richelieu, N° 49.

PARIS,

CHEZ PONTHIEU, LIBRAIRE,

PALAIS-ROYAL.

1826.

L'art d'habiller n'est plus un art vulgaire;
Il a comme un autre art ses règles et ses lois.
Mais l'art d'écrire est un bien nécessaire,
Et je les cultivai l'un et l'autre à-la-fois.
Pour tout maître je n'eus qu'une Vertu secrète :
Elle instruisit mon esprit et mon coeur.
Si mes habits révèlent un Tailleur,
Puissent mes vers déceler un Poète.

ÉPITRE

En vain, désertant ton séjour,
Cher ami, j'abjurai la rime;
La même ardeur encor m'anime,
Et semble augmenter chaque jour.
Tu sais pourtant qu'en notre ville,
Séjour charmant, mais peu tranquille,
Pour avoir rimé sur les sots,
J'excitai la colère hostile

Des pédants et des faux dévots.
Il est vrai que ni leurs malices,
Ni leurs cruelles injustices,
Quoique ardentes à m'outrager,
Ne purent me décourager.
Voit-on que pour de vains caprices
Le sage se laisse affliger?
Quoi qu'il en soit, malgré la bile
De ces sots à pieux travers,
J'ai su, près d'une grande ville,
Me choisir un paisible asile
Inaccessible à ces pervers.

Transporté d'un nouveau délire,
Je viens aujourd'hui te produire
Une nouvelle épître en vers.
Accepte-la; mais, pour la lire,
Sers-toi des yeux de l'Amitié;
Cette aimable vertu m'inspire.
L'esprit chez moi ne sait rien dire,
Si le cœur n'est pas de moitié.

De quoi faut-il que je t'amuse?
Veux-tu des nouvelles du temps?
Faut-il te tracer de ma Muse
Les défauts, les égarements?
    Irai-je, pour te rendre hommage,
Te dresser ici des autels?
Et, sous le pompeux étalage
De quelque emphatique langage,
Te mettre au rang des immortels?
Un moyen plus sûr de te plaire,
C'est de t'apprendre ici sans fard
Ma vie et mon train ordinaire
En des vers simples et sans art.
Tu ne sais point en quelle part
Le sort a fixé ma carrière:
Si je suis en terre étrangère,
Ou si, sous mon propre étendard,
Je vis enfin en volontaire?
Je vais te parler sans détours:
    Pour moi tout a changé de face,

Et, par mon heureuse disgrace,
Mes jours ont pris un nouveau cours.
Le temps n'est plus où, de la gêne
Sans cesse éprouvant les rigueurs,
J'étais accablé sous la chaîne
De mes lâches persécuteurs.
Libre enfin d'un tel esclavage,
Dans un nouvel apprentissage
Je vis en philosophe heureux :
Rien ne peut exciter mes vœux ;
Des Dieux seuls j'invoque la grace !
    Jaloux des honneurs du Parnasse,
Je songe à cueillir des lauriers
Dont mon cœur est très-idolâtre.
Ils ne sont plus pour ces guerriers
Dont la valeur opiniâtre
Frappa tant de coups meurtriers.....
On est oublieux de leur gloire
Mais je conserve la mémoire ;
De leurs honorables succès ;

Admirateur de leur courage,
Que je me plais à rendre hommage
A tant d'héroïques Français !

. . . .

Qu'un peuple avide d'injustice,
Et de carnage, et de terreur,
Dans l'ivresse de son erreur,
De ses vains mépris me flétrisse :
L'aveuglement le fait mouvoir.
Tout jugement qu'avec malice
Enfante ou détruit le caprice,
Sur mon esprit n'a nul pouvoir.
Quoi ! pour marcher dans la carrière
Où m'a conduit l'amour des vers ;
Pour mêler ma voix aux concerts
Du Dieu qui t'illustre et t'éclaire ;
Je serais, par un sort contraire,
En butte à de nouveaux revers !
Non. Quoi qu'en dise et quoi qu'en pense
Un vulgaire plein d'ignorance,

La Raison n'a rien qui s'offense
D'un plaisir qui me permet bien
D'être doux, vertueux, sincère,
Ami zélé, bon citoyen.
Heureux si, par un beau lien,
J'unissais l'art flatteur de plaire
Au calme du stoïcien!
Alors, sans craindre les outrages
De ces esprits vils et sauvages,
Tranquille, suivant mon chemin,
Je dirais : La Vertu me guide :
Voilà le bien le plus solide.
Que puis-je craindre du Destin?
Mais déja je suis affermi
Contre la Fortune perverse,
Et ne me fais plus d'ennemi;
Parce que je fuis le commerce
Des sots, des méchants, des bigots,
Et des Jésuites au cœur faux.
Mais, au lieu de ces ames viles,

Je cherche à me faire à-propos
Quelques connaissances utiles.
Quant aux amis, j'en ai plus d'un
D'un esprit qui n'est pas commun,
D'une humeur facile, ingénue,
D'une probité reconnue,
Sachant donner, dans les besoins,
De bons avis, de tendres soins.

Que leur société charmante
Me fait couler des jours heureux !
L'unité des goûts la fomente,
Les Muses en forment les nœuds.
Tel est mon sort ; et les rois, même
Sous le clinquant du diadême,
N'ont peut-être jamais goûté
Une telle félicité.

Oui, cher ami, dans l'ermitage
D'où je t'écris ce verbiage,
Mon cœur se livre, chaque jour,
A certains plaisirs dont l'usage

Embellit mon riant séjour.
Le repos succède à l'ouvrage,
Apollon succède à l'Amour;
Le sérieux, le badinage,
Tout se succède tour-à-tour.
Content du simple nécessaire,
Dans le sein de l'aimable Paix,
Par une étude littéraire
Je ne songe qu'à me soustraire
Aux soins, aux soucis, aux regrets.
Mon sort a pour moi mille attraits.
L'été, sous un épais feuillage
Où voltige un zéphyr badin,
A la fraîcheur d'un beau matin;
Je m'amuse à rêver en sage,
Jean-Jacque ou Voltaire à la main;
Ou bien, au pied d'un jeune hêtre
Étendu sur un vert gazon,
Badinant avec la Raison,
Mes yeux, de ce trône champêtre,

Se promènent sur l'horizon.
Ainsi, d'un repos salutaire
Savourant la tranquillité,
Dans les bras de l'Oisiveté
Je me délecte à ne rien faire.
Enfin, mille plaisirs permis
Éloignent de moi la tristesse.
L'Étude est ma chère maîtresse,
Mes livres sont mes favoris.
Dis-moi : n'est-ce pas la Sagesse
Peinte sous un beau coloris?